KB019392

밤이 깊어
먼 길을 나섰습니다

밤이 깊어
먼 길을 나섰습니다

황교안
유성호

우리의 투쟁은 계속됩니다 ————
황교안

    지난 5월 24일, '국민 속으로 민생투쟁대장정'을 갈무리했습니다. '18일, 4,080KM'. 전국의 민생현장을 다니며 시민과 함께 했던 그 시간과 그 거리는, 오늘의 대한민국을 알기 위한 노력과 도전의 여정이었습니다. 뜨거운 응원을 보내주신 분도, 진심어린 비판을 해주신 분도 감사의 말씀을 드리고 싶습니다.

    그러나 현장에서 만난 시민들께서는 '살려 달라'고 절규하였습니다. 이것이 오늘 대한민국의 자화상이었습니다. 우리가 지옥으로 가는 길 위에 서 있다는 것을 알 수 있었습니다. 지금 한국사회는 위태롭기 그지없습니다. IMF가 생각나게 합니다.

    민생이 이토록 어려운데도 문재인 정권은 어떠한 해법도 내놓지 못하고 있습니다. 오직 국정의 초점은 김정은에게 있고 패스트트랙에 있습니다. 왜 대통령이 국민을 돌아보지 않는지 이해하기 어렵습니다. 심지어 대한민국 국민을 외면하고 몰두한 남북관계조차 사실상 파탄이 났습니다.

    하지만, 민생투쟁대장정에서 만난 국민들께서는 절망적인 상황에서도 아직 꿈을 간직하고 계셨습니다. 저는 국민들의 꿈으로 인해 뜨거운 용기를 얻었습니다. '나에게 지금 힘이 있느냐'가 아니라 '당장 힘이 없어도 꿈을 위해 계속 전진하는 것', 그것이 용기라는 것을 알았습니다.

    이제 성찰과 함께, 새로운 미래와 통합의 청사진을 그리고자 합니다. 우리의 투쟁은 계속됩니다. 꿈이 불빛으로 타오르고 있습니다. 새로운 미래의 길, 대통합의 길을 함께 열어가고자 합니다. 도와주십시오.

    함께 해 주십시오.

변화는 타인의 인정을 받을 때 비로소 시작된다 ————
유성호

자유한국당은 변할 것인가? 보수우파 성향의 유권자라면 누구나 자유한국당의 변화를 기다리고 있을 것이다. 개인적으로는 주변에서 '정말 변한다면 찍어 줄 생각이 있는데.' 같은 말을 수도 없이 들었다. 나도 비슷한 생각을 했다. 그러나 아쉽게도 쉽게 일어나지 않는 일 같았다.

이번 프로젝트에서는 책과 함께 영상을 제작했다. 영상 제작 과정에서 의원, 보좌진, 당직자들을 만났다. 그들의 입에서 '날 것'의 목소리를 들을 수 있었다. 그들은 진지하게 인터뷰에 임하면서 각자의 생각을 쏟아냈다. 말에서, 표정에서, 제스처에서 에너지가 느껴졌다. '아, 이게 지금의 자유한국당이구나.' 이미 찾아온 변화의 기운이 내 피부를 스치고 있었다.

변화, 혁신, 개혁. 다 좋은 말이다. 그러나 우리들의 현실에서 대개 언어기호로만 붕 떠다니는 말이기도 하다. 황교안 당대표를 포함해서, 이번 프로젝트를 통해 만난 사람들에게 '변화'는 붕 떠다니는 언어기호가 아니라 '지금 이 순간' 벌어지고 있는 일이었다. 그리고 그것을 그들의 표정으로, 말로, 행동으로 증명하고 있었다.

변화는 타인의 인정을 받을 때 비로소 시작된다. 변화가 어려운 이유다. 스스로 변했다고 아무리 외쳐봐야, 남들이 몰라주면 제자리로 돌아온다. 그리고 변화는 감각을 통해서만 지각된다. 내가 할 수 있는 일이 여기에 있었다. 자유한국당의 변화를 감각적으로 사람들에게 알리는 것. 변화가 비로소 시작되기를 바란다.

밤이 깊어
먼 길을
나섰습니다

<u>Chapter 01</u>

먼길을
나서기까지

당기를 흔드는 남자

2019년 2월 27일, 고양 킨텍스 실내체육관에서 황교안은 빨간 옷을 입은 수많은 당원들의 박수와 함성 속에서 미소와 함께 당기를 힘차게 흔들었다. 이 날 자유한국당 제3차 전당대회 결과는 기호 1번, 황교안 후보 6만 8,713표, 기호 2번, 오세훈 후보 4만 2,653표, 기호 3번, 김진태 후보 2만 5,924표로, 50%의 표를 얻은 황교안 후보가 당대표로 선출됐다. '황교안 체제'의 시작이었다.

'당대표 황교안'에게 주어진 과제는 구체적이었다. 보수진영과 당의 혼란은 어느 정도 잦아들었고, 문재인 정권 2년차가 끝나가면서 실정에 따른 문제들이 가시화되고 있었기 때문이다. 자유한국당 당원들은 전통적인 보수적 가치를 기반으로 당을 안정시킬 수 있고, 분열된 보수진영을 통합할 수 있으며, 문재인 정권과 제대로 싸우는 동시에 나아가 중도층까지 포섭할 수 있는 리더를 원했다. 그리고 그 결과는 황교안이었다.

출발을 미용실에서

　　황교안이 정계 진출을 결심하고 가장 먼저 한 일은 미
용실에 가는 것이었다. 35년간의 공무원 생활로 몸에 박혔을
공무원의 '인'을 깎아내기 위함이었다. 이제는 검사, 장관, 국
무총리가 아니라 한 명의 정치인이어야 한다는 마음가짐에
서 고민 끝에 나온 결정이었다.

　공무원 시절, 주변 사람들이 머리가 너무 '빤질빤질' 하다
는 이야기를 종종 했다. 황교안의 아내가 이미지 변신을 추천
했다. 아내와 함께 동네 미용실에 가서 머리를 잘랐다. 그 후
매일 아침 아내가 머리를 해준다. 귀찮게 하는 것 같아 미안
해서 직접 하려고 해도, 아내는 자신의 일이라며 양보할 생각
을 않는다.

입당과 당대표 출마선언

"위기의 대한민국을 성취와 도약의 새길로 이끌겠습니다. 고난의 자유한국당을 승리와 영광의 큰길로 이끌겠습니다. 한숨과 눈물의 우리 국민들을 끌어안고, 행복과 번영의 새로운 세상으로 함께 나아가겠습니다."

2019년 1월 15일, 황교안은 "나라 상황이 총체적 난국", "문재인 정부의 경제 실정을 바로잡겠다"라는 말들과 함께 자유한국당에 입당했다. 그리고 입당 2주 후, 2월로 예정된 전당대회를 앞두고 당대표 출마 선언을 했다. 현장에는 황교안의 지지자들과 주요 언론의 기자들이 모여들었으며, 출마 선언의 분위기는 비장했다.

"민생은 무너지고, 각박한 현실 속에 공동체 정신은 실종됐다. 기적의 역사는 지워지고, 좌절의 기록을 덮어쓰고 있다. 건국 이후 처음으로, 부모세대보다 자식세대가 가난할 것이라는 절망적 미래가 우리를 위협하고 있다. 이 모든 고통과 불안의 뿌리에 문재인 정권의 폭정이 있다."

"제가 당 대표가 된다면, 최고의 전문가들을 끌어모으고, 저의 국정 경험을 쏟아부어서 `2020 경제 대전환 프로젝트`를 추진하겠다. 강력한 원내외 투쟁을 함께 펼쳐서, 올해 안에 소득주도성장, 탈원전을 비롯한 이 정권의 망국 정책을 반드시 폐기시키겠다."

　"과연 이 정권이 추구하는 통일과 국민 대다수가 생각하는 통일이 같은 것인지, 걱정하는 국민들이 늘고 있다. 어떤 경우에도 북한의 핵무기를 머리에 이고는 평화로운 한반도로 나아갈 수 없다. 북한의 독재와 인권탄압을 놓아두고 진정한 한반도의 새 시대를 열 수 없다.

김정은을 칭송하고 북한을 찬양하는 세력들이 당당하게 광화문 광장을 점령하고, 80년대 주체사상에 빠졌던 사람들이 청와대, 정부, 국회를 장악하고 있다."

"우리가 정권을 찾아오고, 나라를 바로 세우기 위해선 무엇보다 내년 총선에서 반드시 승리해야 한다. 제가 당 대표가 된다면 단순한 승리를 넘어, 한국당을 압도적 제1당으로 만들겠다. 이를 위해 지금 무엇보다 시급하고 절실한 과제는 자유우파의 대통합을 이루고 당 외연을 확대해 더욱 강한 한국당을 만드는 일이다. 기둥이 높고 튼튼해야 '빅텐트'도 만들 수 있다. 품격 있는 투쟁으로 국민 신뢰의 기둥을 높이겠다."

직접 낭독한 출마 선언문을 보면, 황교안이 가진 자유한국당과 대한민국의 미래비전이 상당 부분 준비되어 있다는 것을 알 수 있다. 구체적으로 민생 해결, 경제 성장, 대북 안보, 총선 승리의 네 가지 비전을 제시했다. 보수성향 시민들이나 자유한국당 지지자들이라면 쉽게 공감할 수 있는 비전이었으며, 중도층까지 포용할 수 있는 프레임이라는 점에서 황교안의 정치적 방향성을 읽을 수 있었다.

40일만의 도전, 4.3 재보궐 선거

"제가 이미 몇 차례 두 지역을 방문했는데, 지역 경제가 정말 말도 못하게 어려운 상황입니다. 어려운 경남경제에 새로운 희망을 만들 수 있도록, 우리 당이 반드시 이번 선거에서 두 곳 모두 승리해야 합니다."

당대표가 된 황교안에겐 가장 먼저 해결해야 할 숙제가 있었다. 당장 한 달여 앞으로 다가온 재보궐 선거였다. 경남 창원시 성산구와 통영시 고성군의 국회의원 두 석, 전북 전주시와 경북 문경시 두 곳을 합쳐 기초의회의원 세 석이 비어있었다. 참패를 당했던 지방선거에 비해 분위기가 달라지긴 했지만, 아직 자유한국당에 대한 민심이 어떤지는 알 수 없었다. 그리고 황교안 당대표 선출로 인한 자유한국당의 변화를 국민이 어떻게 받아들이는지 알 수 있는 기회이기도 했다. 선거 결과가 안 좋을 경우, 자칫하면 출범한지 40일여밖에 안된 황교안의 리더십에 타격을 줄 수도 있었다.

　'황교안 체제'의 자유한국당은 재보궐 선거에 총력을 기울였다. 정의당의 텃밭이라 불리는 창원 성산구는 물론이고, 상대적으로 자유한국당 지지성향이 강하다고 알려진 통영-고성도 소홀히 하지 않았다. 통영시-고성군은 전통적으로 자유한국당 지지성향이 강하긴 하지만 지방선거에서 통영시장과 고성군수로 민주당 후보가 당선되어서 마음을 놓을 수가 없는 곳이었다.

반면 창원 성산구는 노회찬 의원의 자살로 인하여 재보궐
선거가 열렸기 때문에 상대적 열세지역이라 평가받았다. 또
한 창원은 경남의 '진보정치 1번지'이자 민주노총의 성지였
다. 여론조사 결과에서도 정의당 후보와의 차이가 있었다. 하
지만 막상 선거운동을 해보니 제조업 경기 악화로 인해 민생
의 어려움이 느껴졌다. 당 내에 최선을 다하면 좋은 결과가
있을 지도 모른다는 분위기가 조성되었다.

　　4월 2일 밤 11시 30분 경, 창원 시내버스의 막차들이 버스
차고지로 들어오고 있었다. 차고지에는 붉은 점퍼를 입은 남
자가 버스들을 기다리고 있었다. 황교안이었다. 황교안은 버
스에서 내린 기사들과 일일이 악수를 하며 마지막까지 선거
운동에 총력을 기울였다. 마지막 버스기사와 악수를 끝내고
이야기를 나누자 선거운동이 종료되었다. 황교안은 차에 올
라타서 자리에 앉자마자, 긴 숨을 뱉었다. 최선을 다한 선거
운동이었다.

4월 3일, 긴장된 분위기 속에서 황교안은 개표방송을 지켜보고 있었다. 자유한국당 지지세가 강한 통영시-고성군은 자유한국당 정점식 후보가 민주당 양문석 후보를 여유있게 앞서고 있었다. 열세지역이라 평가받던 창원 성산구 또한 여론조사와 달리 자유한국당 강기윤 후보가 정의당 여영국 후보를 앞지르고 있었다.

개표율이 90%를 넘어가자, 황교안의 핸드폰으로 축하 전화가 빗발쳤다. 그러나 현장은 안심하지 못하는 분위기였다. 정의당 지지성향이 강한 두 곳의 투표함이 아직 개봉되지 않았기 때문이었다. 뒤늦게 도착한 두 곳의 투표함이 개봉되자 차이가 좁혀지기 시작했고, 결과는 아쉽게도 504표 차이의 패배였다.

두 곳 모두 승리하지 못한 것은 아쉬운 일이었지만, 통영-고성의 무난한 승리와 창원의 아쉬운 패배는 황교안 리더십에 대한 경남 민심의 긍정적인 응답이었다. 특히 거의 매일 창원과 통영-고성을 오가며 각 지역의 시민들에게 직접 인사를 건네고 후보들을 지원해준 노력은, 민심은 물론이고 당 내에도 '황교안 리더십'과 관련한 좋은 인상을 남겼다는 평가를 받고 있다. '황교안 체제'의 첫 과제는 이렇게 잘 마무리되었지만, 곧이어 또 다른 문제가 발생했다.

문민독재를 저지하라, 패스트트랙 투쟁

"선수가 경기규칙을 마음대로 정하면 되겠습니까."

4월 25일, 불과 어제까지만 해도 조용하던 국회는 갑자기 고성이 오가고 몸싸움이 벌어지는 곳이 되었다. 선거법 개정안과 공수처(고위공직자범죄수사처) 설치안이 자유한국당의 반대로 통과가 지지부진해지자, 자유한국당을 제외한 여야 4당이 패스트트랙(신속처리안건) 지정안을 내놓은 것이다.

패스트트랙으로 법안이 지정되려면, 국회 '정치개혁특별위원회'와 '사법개혁특별위원회' 위원들이 5분의 3 이상만 동의하면 된다. 패스트트랙으로 지정되면, 여야가 별도로 새로운 법안에 합의하지 않는 한 330일 안에는 본회의 표결에 부쳐진다. 그래서 패스트트랙 지정안에 찬성할 위원들을 억지로 앉히기 위해 '사보임 사태'까지 벌어진 것이다. 그리고 자유한국당은 자유한국당을 제외한 여야 4당의 비민주적인 '꼼수' 행태에 맞설 수밖에 없었다.

먼길을 나서기까지

선거법 개정안과 공수처 설치안은 문재인 정권의 문민독재 가능성을 법제화 시키는 '악법'들이다. 선거법이 개정되면 군소정당의 의석수가 늘어나 여야 4당 합계 ⅔ 이상의 의석수를 확보할 가능성이 높다. 여당이 친여 야당들과 함께 자유한국당을 고립시키는 연합을 펼치면 여당의 입맛대로 법안의 개정이 가능해지는 구도가 된다. 또한 정권의 입김이 강력하게 작용하는 공수처가 설치된다면, 문재인 정권에 비판적인 태도를 가진 고위 공직자들이 핍박받을 것은 자명한 일이다.

자유민주주의 수호를 위해 황교안과 자유한국당은 결사항전을 택했다. 몸을 던지는 투쟁도 불사해야 한다는 분위기가 당 내부에 퍼지기 시작했다. 법을 지키는 것은 중요하지만, 상대방의 날치기 같은 꼼수에 대항하지 않고 속수무책으로 당할 수만도 없는 일이었다. 자유민주주의를 지키기 위해 패스트트랙 날치기 지정을 막기로 결정했다. 2011년 이후 8년 만에 일어난 국회의 격한 충돌은 그렇게 시작되었다.

그런데 갑자기 황교안에게 안 좋은 일이 생겼다. 황교안의 장인이 지난 2월 갑자기 쓰러지신 것이다. 가족들은 이러한 사실을 황교안에게 알리지 않고 있다가, 장인이 돌아가시기 직전에 알렸다. 25일 갑작스런 빙부상에 빈소를 지키던 황교안은 문상객의 발걸음이 잦아든 26일 자정을 넘기고 국회에 도착했다.

자유한국당은 국회 의안과 앞에서 스크럼을 짜고 입장을 불허했다. 결과적으로 육탄전이 벌어졌고, 자유한국당의 스크럼을 뚫기 위해 망치나 빠루 등이 동원되기도 했지만, 패스트트랙 날치기를 저지할 수는 없었다. 투쟁의 과정에서 몇몇 비서관이나 당직자가 부상을 입었는데, 황교안은 모든 부상자에게 직접 방문하여 위로를 건네고 다같이 모여 식사를 함께 했다.

패스트트랙 날치기 저지는 좌파 편향 언론들에 의해 마치 '추태'처럼 비추어졌지만, 자유한국당 사람들은 드디어 변화의 물꼬가 터졌다는 의식을 공유하고 있었다. 싸울 때는 싸울 수 있는 정당, 도전하여 성과를 만들어 낼 수 있는 정당, 명확한 목표가 설정되면 추진력을 발휘하는 정당, 조직원의 희생을 알아주는 리더가 있는 정당. 자유한국당이 드디어 깊은 잠에서 깨어나고 있었다.

천막당사 딜레마

　선거제 개편안과 공수처법 패스트트랙 강행처리에 반대하며 원외투쟁을 계획하고 있을 때, 자유한국당 내부에서 천막당사 아이디어가 나왔다. 이왕 싸울 거면 광화문 광장에 천막당사를 치고 제대로 싸워보자는 취지였다. 자유한국당 지지자들과 대한민국 국민들에게 달라진 자유한국당의 모습을 보여주고 싶었기에, 좋은 아이디어라고 생각했다. 지금의 자유한국당은, 싸울 때는 확실하게 싸울 수 있는 정당이었다.

　하지만 내부적으로 반대의견이 올라왔다. 천막당사를 지은 다음 계고장이 날아와도 몇 달은 버틸 수 있지만, 기본적으로는 불법이기에 다른 방법을 찾아보자는 내용이었다. 황교안은 고민했다. 과연 법을 어기면서까지 투쟁을 이어나갈 것인가. 아니면 다른 방법을 모색할 것인가.

　황교안의 선택은 법을 준수하는 것이었다. 자유민주주의 체제 위에 세워진 대한민국에서 법을 지키는 것이 국민의 기본이라고 생각했기 때문이다.

다른 사람이 법을 지키지 않을 때, 나까지 지키지 않으면 질서는 무너지게 되어있다. 무엇보다 투쟁의 중요성은 피부로 절감하고 있었지만, 광화문 광장에 천막당사를 치는 행위가 원외투쟁의 유일한 길은 아니었다.

　　그렇게 천막당사 딜레마가 마무리 되었는데, 갑자기 박원순 시장이 뒤늦게 자신의 SNS에 "자유한국당이 광장을 짓밟는 것을 좌시하지 않겠다."고 반대의견을 피력했다. 이미 천막당사 투쟁을 진행하지 않기로 내부에서 합의하고 서울시에 전달한 자유한국당으로서는 당황스러운 일이었다. 모두가 황당해하는 분위기 속에서 어느 당직자는 이렇게 말했다.

　　"박원순 시장은 광파는 걸 정말 잘 하네요."

그래서, 민생 속으로

　　당 차원에서 다른 원외투쟁 방법을 고민했다.
많은 아이디어들이 나왔지만, 그 중 가장 황교안의 마음에 들
었던 것은 '민생투쟁대장정' 기획이었다. 18일간 전국을 돌며
살아있는 민생의 현장에 들어가 직접 국민들의 목소리를 들
어보는 일정이었다.
　　정계 진출을 결심한 이유 중 하나도 문재인 정권 2년 동안
민생의 고통이 쌓이고 있었기 때문이다. 민생의 목소리를 직
접 듣고 그것을 정치에 반영할 수 있다면 현실적인 정치를
할 수 있을 거라는 판단이었다. 민생투쟁대장정은 그렇게 시
작되었다.

얼마 전에는 아들이 울먹이면서 전화를 걸어왔어요.
"아빠, 선생님이 자유한국당에는 친일파가 많대요. 그게 꼭 저 들으라고 하는 말 같았어요." 아들이 받은 상처를 생각하면 마음이 아팠지만 저는 원칙을 말해주고 싶었어요.
"아들아 선생님께서 자유한국당을 싫어할 수는 있어. 그런데 정치적으로 중립을 지켜야 하는 선생님이 어린 초등학생에게 그런 식으로 얘기하는 건 선생님이 잘못 한 거야."
제가 자유한국당 당원이 될 수밖에 없었던 이유가 그거예요. 겉으로는 민주와 정의를 외치면서 정작 자신들과 다른 생각을 가진 사람들은 적대시하고 가차 없이 매도해 버리는 거든요. 환영받지 못해도 호남을 포기하지 않고 광주를 찾는 노력에 감사해요. 그게 제일 감사하죠.

"한다면
   하는 사람이구나."

황교안 대표가 <패스트트랙 규탄집회>를 이틀 뒤에 하겠다고 선언했을 때 아찔했습니다. 사실 저희는 실무진에서 한 목소리로 반대하면 안 할 줄 알았어요. 아랫사람들이 반발이 극심하면 정치인 10명 중 9명은 안 하는 게 지금까지 당 지도부의 모습이었거든요. 왜냐하면 정치인들은 욕먹는 걸 두려워하니까요. 근데 황대표는 하더라구요. '욕먹는 걸 두려워하지 않는 사람이구나, 한다면 하는 사람이구나'라고 느꼈습니다. 몸은 피곤하지만 이제 당이 살아있다는 걸 느낍니다.

\- 고준
자유한국당 총무팀장

인터뷰 : 내부자들의 목소리 01

"허울뿐인 당무가
사라졌어요!"

　　지난 번엔 한 위원회에서 위원 모집 보고 드렸다가 혼쭐이 났어요. 위원회 백여명 모았다고 보고 드렸더니, 무슨 활동을 했느냐, 참석자 반응은 어땠냐 하나하나 확인하셔서 깜짝 놀랐습니다.

　　황 대표는 허울 뿐인 당무, 일을 위한 일을 싫어하시는 거 같아요. 사실 공무원 세계가 이런 식의 보고를 위한 보고가 다반사잖아요. 공직자 출신이시라 황 대표도 공무원 비슷할 거라 지레짐작했는데 전혀 다르더라구요. 그렇지만 매주 계속되는 장외집회 때문에 주말에 제대로 못 쉬는 건 좀 괴롭네요.

- 곽해성
　자유한국당 기획조정국 차장

Chapter 02
**밤길에서
만난 사람들**

그냥 눈물이 나더라고요

　부산 자갈치 시장, 민생투쟁대장정 출정 기자회견을 마치고 시민들의 말씀을 듣는 시간이었다. 모여든 시민들 사이로 마이크가 오갔다.

"지역 경제가 너무 어렵습니다. 우리 지역 좀 보듬어 주이소."

"먼 길 와주셔서 감사합니다. 건강하셔야 합니다."

"잘 싸워주세요. 화이팅!"

　시민들의 진솔한 말씀을 듣고 답변을 하던 중, 황교안은 갑자기 말을 멈췄다. 몇 초가 지났을까, 황교안의 눈에서 눈물이 흘러내렸다. 주변에 있던 보좌진들은 모두 당황한 표정을 지었다. 황교안은 떨리는 목소리로 말을 이어갔다.

　"여러분 이 말씀들이 다 정말 애국의 마음에서 나온 거예요. 눈물이 납니다."

　황교안의 눈물. 이것이 무엇을 의미할까. 행사가 끝나고 의원들과 보좌진들이 민생투쟁대장정 버스에 올라탔다. 자리에 앉자마자 비서실장이 황교안에게 물어보았다.

"대표님, 아까 왜 눈물을 흘리신 거예요?"
"그냥… 눈물이 나더라고요."

　　"모든 경제지표가 사상 최악을 기록하고 있습니다. 온 국민이 못살겠다고 하고, 제발 좀 살려달라고 하고 있는데, 올부짖고 있는데 대통령은 정책기조를 절대로 바꿀 수 없다고 하고 있습니다. 누구를 위한 대통령인지 도대체 알 수가 없습니다."

　　문재인 정권 2년 동안 대한민국 경제는 악화일로를 걸었다. 문재인 대통령과 더불어민주당은 친서민적인 이미지를 가지고 있었지만 정작 2년 동안 민생은 뒷전이었다. 국민들의 생생한 삶의 현장에서 목소리를 듣고, 그것을 바탕으로 문재인 정권과 싸우는 것. 현 시점의 자유한국당에게 부여된 가장 명확한 과제였다.

　　자갈치 시장에 모인 시민들은 황교안을 반갑게 맞아주었다. 더불어 부산지역 경제상황에 대해 하소연을 했다. 부산 시민들의 생생한 목소리로 듣는 부산의 민생경제 파탄 수준은 생각보다 더 처참했다. 이렇게 힘든 상황 속에서도, 황교안이 가는 곳마다 사람들이 모였다.

모인 사람들은 황교안 이름 석 자를 외쳤다. 황교안에 대한
부산 시민들의 기대를 느낄 수 있었다.

  "20만 명 가까운 사람들이 여기에 관련되어 있는 것 같습니다. 여러분들의 말씀을 듣고 당에서 좀 더 적극적으로 여러분들의 현실적인 문제들을 해결할 방안을 강구하도록 하겠습니다."

  통영-거제 지역은 황교안과 인연이 있는 곳이다. 1995년, 황교안은 당시 창원지방검찰청 통영지청장으로 근무한 적이 있다. 또한 새롭게 출범한 '황교안 체제' 리더십의 검증대였던 4.3 재보궐 선거에서 승리를 가져다 준 곳이기도 하다.

  그래서일까, 황교안은 1995년 당시 통영-거제의 모습을 기억하는 듯했다. 대우조선이 빠르게 성장하고, 근로자들은 보람을 느끼며 일했던 시절. 그러나 2019년의 통영은 1995년의 통영과 많이 다른 모습이었다. 우선 통영-거제 지역의 핵심 먹거리였던 조선업이 불황에 처했다. 업계가 불황에 처하자 근로자들은 일자리를 잃어갔다. 당연히 지역 경제는 위축되기 시작했고, 설상가상으로 조선업 빅3 중 하나였던 대우조선해양은 매각 절차를 밟고 있었다.

황교안은 거제에서 대우조선해양 매각반대 범시민대책위원회를 만났다. 근로자들은 어느 정도의 구조조정에 대해서는 동의했지만, 대우조선해양 M&A 과정이 정부 주도에 의해 졸속으로 이루어진 것에 문제가 있다고 토로했다.

"그래도 가장 걱정되는 건, 우리들 일자리가 없어지는 일입니다. 현대중공업이 대우조선을 인수하면 대우조선 근로자들은 일자리를 잃거나, 찬밥 신세로 전락하지 않겠습니까?"

현장에서 일하던 근로자들의 생생한 목소리를 들었기에, 문제에 대한 현실적인 해결책의 중요성을 피부로 느낄 수 있었다. 근로자들의 현실을 해결해야 회사가 살아나고, 회사가 살아나야 지역경제가 살아나며, 지역경제의 발전은 국가경제를 견인하는 핵심 요소가 된다.

원전은 에너지 안보다

"원전이 없어지고, 만에 하나 우리의 석유 수입원이 끊어진다면, 예를 들어 남중국해가 차단되어 기름을 가져올 수 없다면 우리가 무엇으로 에너지 공급을 하겠습니까. 지금 대체에너지 가지고 되겠습니까? 공장 며칠 돌리지 못하고 다 문을 닫을 수밖에 없을 것입니다."

문재인 정권의 대표적인 실정 중 하나는 바로 탈원전이다. 대한민국 원전기술은 세계 최고 수준이며, 원전은 중요한 수출 먹거리 중 하나였다. 하지만 문재인 정권의 무책임한 '탈원전' 정책 때문에 대한민국의 원전기술은 경쟁국들에게 추월당할 위기에 처했으며, 국내의 에너지 공급 또한 위험한 수준까지 이르게 되었다.

문재인 정권 이후로 원전의 높은 안전성이나 환경 친화적인 부분은 철저히 가려지고, 감정적인 이유로 비효율적인 다른 발전방식을 택하고 있다. 문재인 정권이 강력하게 밀고 있는 태양광의 경우 에너지 효율이나 환경파괴 측면에서 원전에 비할 바가 아니며, 우리나라의 기술력 또한 세계적인 수준이라고 믿기는 어렵다.

황교안은 울산에 위치한 한수원 새울원자력본부를 찾아갔다. 탈원전의 여파로 가장 먼저 타격을 받는 것은 일자리와 산업의 축소를 앞두고 있는 원전 관계자들이기 때문이었다. 원전 관계자들을 만나 '바른 에너지 정책', '안보를 지킬 수 있는 원전 정책'을 흔들림 없이 견고하게 가져가겠다는 약속을 하고, 현장의 목소리들을 경청했다.

"잘못된 정책에 대해 한국당에서 큰 역할을 해주시길 바랍니다. 지금 서명운동이 45만 명을 넘어서고 있습니다. 한국당도 동참해 주세요."

"탈원전 정책이 지속되면 원전 인력의 노하우가 쓰일 데가 없습니다. 학생들이 원자력 관련 학과를 지원하지 않고 있습니다. 회사가 있어야 지원할 것 아니겠습니까. 원자력을 공부하는 것으로 대한민국의 자부심이 생길 수 있도록 해주십시오."

　　원전산업의 현장을 떠나 중구 성남동으로 이동하자, 예상하지 못했던 광경이 펼쳐졌다. 수많은 울산 시민들이 황교안을 열렬하게 맞이해준 것이다. 울산 시민들은 황교안을 둘러싸고 애국가를 합창했다. 인파가 너무 많아 안전사고가 우려되어 일정을 다 소화 못하고 다음 일정으로 떠나야 할 정도였다. 민생문제 해결과 지역경제 발전에 대한 울산 시민들의 높은 기대가 느껴졌다.

반면 매곡산업단지 앞에서는 민주노총 시위대가 황교안을 기다리고 있었다. 황교안이 탄 차량이 보이자, 시위대는 일제히 차량 앞으로 몰려들었다. '황교안은 물러가라', '자유한국당 해체해라' 같은 구호를 외치며 차량 이동을 저지했다. 경찰과 애국시민들의 도움으로 산업단지 진입에 겨우 성공했지만, 까딱하면 무력 충돌이 벌어질 수도 있는 상황이었다. 민주노총과 황교안의 긴 싸움의 서막이 오르는 것처럼 보였다.

대구문화예술회관 앞, '문재인 STOP!, 국민이 심판합니다' 규탄대회가 열리고 있었다. 사회자의 힘찬 소개와 함께 황교안이 중앙 무대 위에 오르자, 많은 사람들이 일제히 함성을 지르기 시작했다.

"존경하는 애국시민 여러분 반갑습니다."

황교안의 연설이 북한과 안보에 대한 이야기로 넘어가자, 어느새 집회의 분위기는 환호나 열광보다는 진지함으로 바뀌어 갔다. 바로 며칠 전 북한이 미사일 두 개를 연달아 발사했기 때문이었다.

"이번에 발사한 미사일은 '남북군사협력 위반이 아니다' 누가 한 말입니까? '유엔 제재 대상이 아니다' 누가 한 말입니까? 지금 우리 안보가 폭탄을 맞고 있습니다. 가만히 있으시겠습니까? 반드시 이 땅의 자유와 평화는 물론, 우리의 안보를 반드시 지켜내야 합니다. 함께해 주시겠습니까?"

예상된 일이었지만, 문재인 정권은 TK 지역을 홀대하고 있었다. 내년도 정부 예산이 사상 최초로 500조를 넘는 '슈퍼 예산'으로 편성될 것으로 전망되지만, 대구-경북의 국비 확보는 쉽지 않아 보인다. 심지어 대구-경북 지역은 작년에도 전년 대비 국비 예산이 줄어들었고 각종 국책사업의 우선순위에서도 밀려나고 있었다. 대한민국에서 대구-경북만 경제적으로 발전하고 있는 상황이면 모르겠지만, '소득주도성장'의 여파로 대구에서는 도-소매업 관련 일자리만 2만 개가 줄

어 들었다. 그래서 황교안은 대구의 애국시민들과 함께 네 가지 결의를 외쳤다.

하나, 선거법-공수처법 개악 패스트트랙에 맞서 국정 장악 음모를 강력히 규탄할 것.

둘, 국가안보를 파탄 낸 굴욕적 대북정책을 즉각 폐기하고, 단호한 대북정책을 요청할 것.

셋, 소득주도성장, 최저임금 급등으로 국가경제를 망치고, 민생과 산업을 파탄 내놓은 책임을 물을 것.

넷, 친문독재 국정 장악 음모를 막아내고, 안보파탄 난맥상을 수습하기 위해 국민과 함께 끝까지 싸워나갈 것.

이해할 수 없는 구미보 개방

"도대체 누구를 위해서 4대강 보를 없애겠다는 것인지, 어느 누구도 이해할 수 없는 그런 일들을 벌이고 있습니다."

이명박 정부의 주요 사업 중 하나였던 4대강. 문재인 정권은 4대강 사업을 깎아내리기 바쁘지만, 구미의 민생 현장에서 들은 4대강보에 대한 평가는 긍정적이었다.

"구미보 전에는 홍수랑 가뭄이 한해 건너로 있었습니다. 한번 홍수가 나면 마을 전체가 물에 잠기고 사람이 죽어나갔어요. 근데 구미보 설치 후에는 홍수 걱정도 사라지고 물도 풍족하고, 서울사람들도 많이 놀러옵니다."

이러한 변화는 문재인 정권이 아니라 구미 시민들이 가장 잘 알고 있었다. 구미 시민들과의 대화에서 구미보 개방 이후의 문제에 대한 생생한 증언들이 쏟아졌다.

"근데 정부가 아무것도 모르고 이 구미보를 열어버려가지고, 비닐하우스 농사가 다 망해버렸습니다. 동네 사람들 다 몰려가서 시위하니까 그제서야 다시 닫았지만, 이제사 닫으면 뭐합니까. 올해 농사 다 망쳐버린 것을."

황교안은 구미보 개방으로 인한 농민들의 피해를 경청하고 구미보 둘레길을 걸었다. 둘레길을 걷는 동안 황교안은 불과 며칠 전 영천의 과수농가 민생현장에서 했던, '농업이 살아야 민생이 산다'라는 말을 곱씹었다고 한다.

그래야 농촌을 이해할 것 아닙니까

　　황교안은 서울 출신에 공직자 생활을 오래 했기 때문에, 농업에 대해서 잘 알지는 못한다. 유년 시절 서울의 산동네 자락에 살아서, 학교만 갔다 오면 엄마 심부름으로 뒷산에서 나물을 캐오는 것이 일상이었다. 캐온 나물이 그 날의 저녁 반찬이었다. 이것이 그나마 황교안이 가지고 있는 농촌에 대한 기억이다.

그러나 중요한 것은, 자신이 잘 모르는 것에 관심을 가지려 노력하고, 잘 아는 사람들의 이야기를 경청하는 자세이다. 특히 농촌처럼 그 중요성에 비해, 평소에 관심이 잘 안 쏠리는 곳은, 직접 가서 문제점을 파악하고, 널리 알리는 것이 중요하다. 황교안은 충청북도 제천의 농촌 일손돕기 현장에서 이렇게 말했다.

"제가 봉사활동을 하러 온 이유는, 우리 사회가 농촌 돕기도 하면서 같이 잘 살 수 있도록 하는 방법을 농촌 너머에 소개해드리기 위함입니다. 시간 날 때 와서, 농촌에 애들도 데리고 와서 봉사도 하고, 밥도 먹고, 그래야 농촌을 이해할 것 아닙니까. 언론도 많이 와 계시니까 이런 것 좀 널리 퍼뜨려주셨으면 좋겠습니다."

실제로 황교안의 보좌관과 자유한국당 당직자들은, 황교안 리더십의 중요한 특징 중 하나가 '관심'과 '경청'이라고 말한다. 황교안의 당대표 취임 당시, 많은 당직자들이 검사에다 공무원 출신이기 때문에 수직적이고 경직된 의사결정 구조가 될 것을 걱정했다. 하지만 '황교안 체제'가 출범한지 100일 정도 되자 황교안과 일 해본 많은 당직자들이 황교안은 '듣는 사람'이라고 입을 모아 말하게 되었다.

관심과 경청의 리더십

　　이러한 황교안의 '관심'과 '경청'의 리더십은 이번 민생
투쟁대장정 과정에서 여러 번 빛을 발했다. 중년의 남성 정
치인으로서 그 입장을 이해하기 어려운 대학생, 취준생, 공시
생, 청년, 학부모, 엄마들과의 만남에서도 항상 관심과 경청
의 자세를 잃지 않았다. 세종맘과의 간담회, 대전 대학생들과
의 만남, 천안지역 아동시설 봉사활동, 노량진 고시생-취준생
과의 만남 등을 통해 생생한 이야기들을 들을 수 있었다.

하지만 관심과 경청의 자세가 모든 것을 해결해주지는 않는다. 황교안이 아무리 이러한 자질을 가진 리더여도, 당장 현실에서 문제를 겪고 있는 모든 사람들을 이해할 수는 없기 때문이다. 만약 '황교안은 모든 국민을 이해합니다.'라고 말한다면, 그것은 새빨간 거짓말이고 실망감만 낳을 것이다. 이는 황교안의 숙제인 동시에, 자유한국당의 숙제이기도 하다. 황교안이 닿지 않는 곳까지 적극적으로 다가가서 국민들의 목소리를 듣는 태도야말로 변화하는 자유한국당이 가져야 할 덕목이다.

미세먼지와 미래에너지

"지금은 이 정부가 고집하고 있는 것처럼 탈원전을 주장할 때가 아니고, 원전을 베이스로 해서 더 나은 에너지를 찾아야 할 때라고 생각합니다. 안전한 에너지 확보는 편안한 국민의 삶을 위해서도 필수적이고, 무엇보다도 중요한 국가적 과제라고 생각합니다."

화력발전소가 있는 충남 당진. 황교안은 미세먼지로 인한 고충이 있는 발전소 인근 지역인 교로리의 주민들을 만났다. 미세먼지는 전 국민의 문제이지만, 화력발전소 인근 주민들의 고충은 그중에서도 큰 편이었다. 시시때때로 동네가 검은 가루로 뒤덮여서 빨래조차 널기가 힘들고, 주민들의 체내 중금속 농도 또한 2배 가량 높다고 한다. 교로리 주민들의 이야기를 듣고 다음으로 향한 곳은, 당진의 화력발전소였다.

황교안은 당진 화력발전소 관계자들을 만나, 국가 에너지 발전의 방향에 대해 귀를 기울였다. 당진 화력발전소는 이미 인근 주민들과 관계가 좋은 편이긴 하지만, 발전소 인근 주민들의 고충을 이해하고 상생하는 에너지 발전으로 나아가야 한다는 점을 한 번 더 이야기했다. 가장 효율이 뛰어나고 가동 시 공해가 적은 원자력 발전을 기반으로, 다양한 신재생 에너지와 화력 발전을 병행하는 방식으로 최선의 효율을 이끌어내는 것이 황교안이 생각하는 대한민국 에너지와 환경의 미래였다.

국내외 다양한 역학연구결과를 통해 미세먼지가 건강에 안 좋은 영향을 미친다는 사실이 증명되었지만, 대한민국의 미세먼지 문제는 나아질 기미가 보이지 않는다. 사계절 내내 미세먼지로 국민들이 고통 받고 있지만, 문재인 정권은 미세먼지의 주요 원인인 중국에게 해결을 촉구하지 않고 탁상공론으로 시간만 허송하고 있다.

반면 황교안은 이번 민생투쟁대장정 중 서울에서 주한 중국대사 추궈훙을 만났다. 우리 국민들이 미세먼지에 대해 큰 걱정을 하고 있음을 전달하고, UN 해양법 협약에 따른 초국경환경피해 방지 원칙을 강조했다. 또한 재작년 양국이 서명한 한·중 환경협력계획의 여러 조치들도 기대만큼 효과를 거두지 못하고 있다는 점에 아쉬움을 표했다. 이에 추궈훙 대사는 미세먼지 문제를 장기간 주요과제로 삼을 것을 약속하고, 진전이 있을 것을 기대한다고 답했다.

　　실제로 황교안은 당대표 취임 직후 특별기구인 미세먼지특별위원회를 만들었고, 미세먼지 문제 전문가인 김재원 의원을 위원장으로 임명했다. 미세먼지 문제는 국내외 산업 구조, 중국과의 외교적인 이해관계, 에너지 문제 등이 복잡하게 얽혀있는 문제이다. 그래서 당장의 해결은 어려울 수 있지만, 적어도 황교안은 지속적인 관심을 가지고 미세먼지를 절감하기 위한 노력을 해나갈 것임을 기대할 수 있었다.

그 사람들은 광주 사람들이 아니여

5월 18일, 황교안은 광주행 버스에 몸을 실었다. 5.18 기념식에 참석하고 참배하기 위함이었다. 출발 전부터 주변의 걱정이 있었다. 광주가 어떤 곳인데. 모두가 쉽지 않을 것이라 생각했다. 게다가 얼마 전에 5.18 관련 자유한국당 의원들의 '설화'가 있었기에, 상황이 더 좋지 않았다. 유시민은 '얻어맞으러 오는 것'이라고 했고, 박원순은 '권력에 안주하고 출세의 길을 걷는다'고 했다.

반드시 가야만 했다. 환영받지 못하더라도, 욕을 먹더라도, 물세례를 받더라도, 광주시민 또한 자랑스러운 대한민국의 일원이기에 그들의 이야기를 들을 필요가 있었다. 잘못은 인정하고 사과해야 하고, 오해는 대화를 통해 풀어가야 하며, 아픔에는 위로를 건네야 한다.

광주의 경호 담당 정부 부처에서는 VIP 입구를 이야기했다. 대통령이 다니는 VIP 입구가 따로 있는데, 그쪽으로 가는 것이 어떻겠냐는 제안을 해왔다.

부처의 제안을 보좌관들도 진지하게 검토했다. 부상이나 사고의 위험이 충분히 있어 보였기 때문이다. 그러나 황교안은 기념식장의 정문인 '민주의 문'으로 정정당당히 걸어가기로 결심했다.

하지만 광주의 반응은 예상보다 더 좋지 않았다. 기념식장 입구에 시위대와 일부 시민들이 모여들었다. 기념식장 입구로부터 행사장까지는 1분 정도밖에 걸리지 않는 거리였지만, 시위대와 일부 시민들의 반발 때문에 행사장까지 20분이나

걸렸다. 황교안의 눈앞으로 의자와 물병이 날아다녔다.

이 날, 한선교 사무총장은 상황을 체크하기 위해 먼저 행사장에 도착해 있었다. 멀리서 한선교 총장을 지켜보고 있던 노인들이 가까이 다가왔다. 한선교 총장은 당연히 꾸지람을 들을 줄 알았다고 한다. 그러나 노인들의 입 밖으로 나온 말은 전혀 예상하지 못한 것이었다.

"잘 오셨소. 이렇게 와야 돼요. 설령 사람들이 물병을 던져도 내려와야 합니다. 그러나 한 가지 알아두셔야 할 것은, 그 사람들은 광주사람들이 아니여. 민중당 애들이 와서 저러는 것 같은데, 그래도 뚫고 들어가야 합니다."

한선교 사무총장은 그 자리에서 희망과 진실을 동시에 보았다고 한다. 언젠가는 광주에서도 환영을 받을 수 있을 거라는 희망을, 날아다니는 물병이 전부가 아니라는 진실을.

국민과의 경제약속, 꼭 지키겠습니다

"어제 OECD가 공개한 22개 회원국 1분기 경제성장률에서 우리나라가 -0.34%로 최하위를 기록했습니다. 실제로 제가 전국을 다니면서 많은 분들을 만나본 결과, 더 이상 나쁠 수 없는 그런 최악의 경기상황임을 눈으로 직접 볼 수가 있었습니다."

경제학자 100명 중 90명이 넘게 반대하는 소득주도성장, '에너지 안보'를 위협하고 주요 수출 먹거리를 포기해버린 탈원전, 중국의 추격을 방어하지 못한 제조업의 붕괴, 그 어느 때보다도 높은 자영업 폐업률, 매년 최고를 찍고 있는 청년 실업, 급격한 3040 가장들의 실직 등 다양한 문제가 불과 2년 만에 발생해버렸다.

통계가 이러한 데도 문제인 정권은 '지금 우리 경제가 지속적으로 성장하고 있다.'고 거짓말을 하고 있다. 그리고 황교안이 민생투쟁대장정을 하는 동안 직접 목격한 민생경제 파탄의 현실은, 통계에서 드러난 숫자 이상이었다. 대기업, 중소기업, 스타트업, 소상공인, 시장상인, 심지어 농민까지

생활과 경제의 어려움에 대해 생생한 증언들을 쏟아냈다.

"경제를 살릴 수 있는 길이 있습니다. 그 길은 시장경제가 활성화되는 것입니다."

황교안은 익산의 국가식품클러스터, 울산 매곡산업단지, 부산 덕포시장과 자갈치시장, 대구 서문시장, 마산 청년몰 등을 방문했다. 이러한 곳들에서 황교안은 대한민국 경제의 처참한 현 상황을 눈으로 보고 피부로 느낄 수 있었다. 또한 제주 스타트업 협회와의 만남, 인천 남동공단에서 가진 간담회을 통해 대한민국 경제 주체들의 문제점을 직접 들을 수 있었다.

문재인 정권이 받은 최악의 경제 성적표의 원인은 초거대 정부를 지향하는 지나친 개입주의였다. 시장의 자율에 맡기는 것이 가장 효율적인 분야들도 국가가 개입하여 규제를 만드니, 시장의 효율은 떨어질 수밖에 없었다. 규제를 줄이고 경제주체들의 자율성을 보장하여 시장경제를 자연스럽게 활성화시키는 것. 황교안의 메시지는 분명했다.

맥아더 동상 앞에서

　　민생투쟁대장정의 막바지에 황교안이 인천 자유공원에 있는 맥아더 동상을 찾은 것은, 문재인 정권이 외면하는 6.25 전쟁의 참상과 북한의 안보위협에 대해 경각심을 고취시키기 위해서였다. 민생투쟁대장정에서 들을 수 있었던 현 안보 위협에 대한 국민들의 진심어린 걱정을 기억하며 황교안과 자유한국당이 국가안보를 다시 굳건하게 만들어 줄 것이라는 기대를 저버리지 않겠다는 다짐처럼 보였다.

　　"북한의 미사일 발사를 미사일이라고도 말하지 못한다. 대통령이 북한 식량 공급 문제를 논의하자고 한다. 지금 그런 것을 논의할 때인가."

　　인천 방문 며칠 전, 문재인 대통령은 5.18 민주화운동 기념식에서 '독재자의 후예가 아니라면 5.18을 다르게 볼 수 없다'고 하였다. 그러나 진짜 독재자의 후예는 3대 세습이 이루어진 북한에 있다. 그리고 보수진영과 국제사회의 우려와 반대에도 불구하고 문재인 정권은, 무리한 퍼주기를 강행하면서 정작 민생을 진심으로 걱정하고 경제를 살리자는 황교안과 자유한국당에 비난의 화살을 돌리고 있었다.

안보의 최전방에서

민생투쟁대장정의 현장에서 느낄 수 있었던 문재인 정권의 또 다른 실정은, 바로 북한문제였다. 애국시민들을 중심으로 문재인 정권의 대북정책으로 인해 생기는 '안보 구멍'에 대해 깊은 우려를 표했고, 중도 성향으로 보이는 시민들도 '대한민국 경제를 이렇게 망가뜨려놓고 북한만 생각하는 것 같다.'는 비판의 목소리를 서슴지 않고 들려주었다.

"안보가 무너지면 가장 먼저 우리 군민들 목숨이 위험해집니다. 제발 안보 좀 굳건히 해 주시길 부탁드립니다."

황교안은 인천 자유공원을 방문한 다음날 북한인접지역인 경기도 연천의 주민들을 만났다. 연천은 안보에 가장 먼저 영향을 받는 북한인접지역이고, 최근 국립연천현충원을 유치했을 만큼 보수지지 성향이 강한 곳이었다. 연천의 주민들은 문재인 정권 2년 동안 생긴 안보의 구멍에 대해 진심으로 불안해했다.

"우리 군은 GP 철수에 대응하기 위해서 열심히 노력하고 있습니다. 하지만 멀쩡한 방어시설이 사라진 현장을 보면서 정말 안타깝고, 걱정을 하지 않을 수가 없습니다."

황교안은 연천 방문 다음 날 아침, 강원도 철원 GP 철거 현장을 찾아 대한민국 안보의 현주소를 직접 눈으로 보았다. 졸속이나 굴욕이 아니면 도저히 논리적으로 설명할 수 없는 남북군사합의에 의해 스스로 방어-경계 시설을 철거한 문재인 정권이었다. 불과 2년 전만 해도 철통같던 안보가 무너져 내리고 있는 현장을 보고 있는 황교안의 심경은 복잡해보였다.

황교안은 민생투쟁대장정 현장에서 북한에 대한 문재인 정권의 '묻지마 식량지원'과 방치된 안보상황에 대해 강력하게 비판했다. 특히 군사훈련과 관련하여 북한에 대한 통보의무를 만들어 버린 남북군사 협정은 문제가 컸다. 게다가 민생투쟁대장정 중 북한의 미사일 도발이 연이어 발생한 상황이었기에, 문재인 정권을 규탄하기 위해 모인 시민들은 진심으로 '안보 구멍'을 걱정하고 있었다.

다시 국민의 신뢰를 얻기 위해

황교안은 최근 산불로 인해 큰 피해를 입은 고성을 찾았다. 삶의 터전을 한순간에 잃어버린 고성 주민들의 상황은 심각했다. 황교안의 방문에 반가워하는 시민도 냉대하는 시민도 있었지만, 본질적으로는 정치권에 하고 싶은 말이 많은 것 같았다. 주민과의 대화를 진행하자, 문제들이 쏟아져 나왔다.

"도대체 정치권은 무엇을 하고 계십니까? 삶의 터전을 잃었는데 피해 복구는커녕 일시적인 지원도 안 해주고 계십니다."

"그냥 와서 사진 찍고 돌아가시려고 오신 것 아닙니까."

고성-속초 산불의 책임은 엄밀히 말하면 문재인 정부에 있었지만, 황교안은 고성 주민들의 이야기를 경청하였다. 국민의 분노는 여야 상관없이 정치가 감내할 몫이라고 생각했기 때문이다. 그리고 정치에 대한 국민들의 불신이 이렇게 크다는 것을 인정해야 했다. 불신의 벽을 넘기 위해서는 현실적인 대안과 행동이 중요했다. 민생의 목소리는 다음과 같았다.

"제가 오늘 황교안 대표님께 진심으로 한번 건의를 드리고자 합니다. 실질적 보상이 되도록 추경에 확실히 반영해 주십시오. 그게 법적으로 문제가 있다면 법을 고쳐서라도 실질적 지원이 될 수 있도록 아낌없는 지원을 해 주십시오."

고성-속초 주민들의 이야기를 들은 황교안은 대답했다. "문재인 정권은 현재 예비비 1조 8천억을 바로 쓸 수 있는 상황인데, 이 예비비를 일자리 추경예산으로 편성하려고 하고 있습니다. 예비비를 사용하는 대신 재해 추경예산을 새로 만들려고 하니 시간이 오래 걸릴 수밖에 없습니다. 자유한국당은 예비비를 사용하여 우선 고통 받는 고성 주민들을 돕자고 강력하게 주장하고 있습니다."

언론에서는 황교안이 고성에 갔다가 주민들에게 망신을 당했다는 식으로 보도했지만, 실은 한사람의 목소리가 전체의 여론처럼 보도된 것이었다. 현장에서 만난 고성 군민들은 여야를 막론하고 고성 산불피해에 관심을 가져달라고 부탁을 해왔다. 보수진영과 자유한국당이 얼마나 기울어진 운동장 위에 서 있는지 알 수 있는 현장이었다.

버스에서 내리며

5월 24일, 땅거미가 내려앉기 시작한 여의도 국회 본청 앞에 '국민 속으로 민생 투쟁 대장정'이라는 커다란 글씨가 쓰인 버스 한대가 진입했다. 국기게양대 앞에 버스가 정차하고 문이 열리자, 한 남자가 걸어 내려왔다. 황교안이었다. 대기하던 기자들이 황교안에게 인터뷰를 요청했다.

"현장에서 느낀 것은 감사의 말씀과, 또 보여주기 식이 아니냐는 걱정의 말씀, 그리고 왜 그것밖에 못하냐는 질타의 말씀들이었습니다. 우리의 진정성이 통할 수 있도록, 그래서 국민들에게 폭넓은 신뢰를 받을 수 있도록 노력해야겠다는 생각을 갖게 되었습니다."

KBS 기자가 '이번 민생투쟁대장정에서 가장 기억에 남는 순간이 무엇이냐'고 물었다. 그러자 황교안은 고민 없이, 부산 자갈치시장 출정식에서 눈물을 흘릴 수밖에 없도록 만든 국민들의 응원이라고 답했다.

민생투쟁대장정이 남긴 것

    18일간 쉼 없이 4080.3km을 이동하며 32개의 도시에서 민생의 현장으로 들어간 민생투쟁대장정은 이렇게 마무리 되었다. 환영과 과분한 사랑을 받는 곳도 있었지만, 비난과 물세례를 받은 곳도 있었다.

    <황태순 TV>의 시사평론가 황태순은 황교안의 민생투쟁대장정에 대해 "자유한국당은 2년 동안 빈사상태였다. 살아 있되 살아있지 않은 상태였다. 그 자유한국당을 야당의 모습으로 바꾸고, 지지층으로 하여금 우리도 살아 있다는 자존감을 일깨워준 계기가 됐다"고 평가했다.

    그는 '보수층은 결집시켰지만, 외연확장에는 한계를 보였다'는 일부 언론의 평가에 대해 '괜한 시비걸기'라고 일축했다. "세상의 원칙은 아생후살타다. 내부결집 없는 외연확장이 어떻게 가능한가. 먼저 내부를 공고히 해야, 지지율이라는 눈덩이를 굴릴 수 있는 것이다." 황태순은 황교안의 민생투쟁을 1차 만리장정이라고 명명하며, 앞으로 2차, 3차 만리장정에 대한 기대감을 표시했다.

　그러나 국민들의 반응이나 세간의 평가보다 중요한 것은, 민생투쟁대장정을 통해 '황교안 체제'가 해결해야 할 다양한 과제들을 눈으로 확인할 수 있었다는 사실이다. 황교안 체제의 자유한국당은 앞으로 민생 현장에서 들을 수 있었던 문재인 정권의 실정에 대한 생생한 증언들을 토대로 민생을 살리는 현실적인 정책들을 만들어야 한다. 또한 죽어가는 대한민국 경제를 되살리고 무너져버린 국가안보를 다시 세울 방안들을 모색해야 한다.

정치적인 문제인 보수진영 재건이나 중도층 포섭도 중요한 현안이지만, 우선 민생과 경제를 살리고 안보를 굳건히 한다면 그 둘은 자연스럽게 따라올 것이다. '황교안 체제'가 민생투쟁대장정을 통해 100일 만에 해결해야 할 '명확한 과제'를 찾아냈다는 점에서, 민생투쟁대장정은 성공적인 행보로 평가받을 것이다. 단, '명확한 과제'를 잘 해결한다는 조건 하에 말이다.

제가 보기에 자유한국당 날치기 트랙 규탄집회는 갈수록 진화했어요. 첫번째 집회는 딱 자유한국당 스타일이었죠. 좀 구식이었죠. 그런데 두번째 집회에서부터 등장한 레드카펫, 좋았어요. 꼭 아카데미 시상식 같더라구요. 세번째 집회는 젊은 연사들이 나왔는데, '역시 2030이 나오니까 다르다. 좌파 세력에 주눅든 4050에서는 나오기 힘든 말이다. 2030들은 좌파 눈치 안 보고 바로 까버린다'는 찬사가 나와서 으쓱했죠. 우리 자유한국당이 '엄근진 (엄격근엄진지) 정당'에서 '꿀잼정당'이 됐으면 좋겠어요.

" 재미없는
　장외집회는 범죄죠!"

"유머왕 황교안?"

최근에 자유한국당 보좌진들하고 같이 점심드시는 일이 많은데요, 그 자리에서 그렇게 유머 무리수를 던지신대요. 그리고 보좌진들이 잘 안 웃으면 '제 유머가 그렇게 어렵나요'하고 실망하시는데 그게 더 웃기다고들 하더라구요.

황교안 대표 오시면서 당이 활기차졌어요. 그만큼 정부여당 쪽에서 견제하는 것도 확 느껴져요. 얼마 전 패스트트랙 날치기 저지 투쟁할 때 의원님 입을 빨간 잠바를 들고 가니까 민주당 보좌진들이 절 막 째려보더라구요. 국회에서 일한지 4년 됐는데 그 동안에는 여당야당 편 가른다는 느낌은 못 받았는데 요새는 좀 변했어요.

- 김세아
박대출 의원실 비서

"타이밍을
놓치지 않아야 해요."

탄핵 이후 당은 항상 비상상황이었던 것 같아요. 언론도 국민도 자유한국당에는 관심이 없는 것 같았죠. 그런데 황대표 취임 이후 언론 주목도가 올라가는 게 피부로 느껴져요.

우리가 대선에서 이기려면 '집토끼'를 뛰어넘어 중도층의 표심을 사로잡을 수 있는 확장성을 보여주어야 하고, 지금이 그 터닝포인트가 아닐까 싶어요. 당의 변화에 다 만족하지만 하나 걱정되는 것은 황 대표가 타이밍을 놓치는 것입니다.

우리 자유한국당 대표가 '꽉 막힌 사람'처럼 보이는 것이 아닐까 걱정돼요. 정치인이라면 좀더 유들유들한 모습을 보여도 좋지 않을까 이 점이 아쉬워요. 이념을 뛰어넘어 국민의 감정을 포용할 수 있는 지도자가 되셨으면 좋겠습니다.

- 허수현
  자유한국당 정책국 차장

"쪼그려 앉기가
되는 정치인이죠"

　　황교안 대표는 정치신인인데, 베테랑 정치인 같은 면모가 하나 있어요. 시장 상인들 만날 때 보통 정치인들 어떻게 하는지 아세요? 100명 중 99명은 허리 숙여서 공손하게 '장사 잘 되시나요?'라고 묻습니다. 근데 나머지 1명은 어떻게 하냐면 그 자리에 쪼그려 앉습니다.

　　이게 쉽지 않아요. 쪼그려 앉기가 안 되는 이유는 마음이 급해서예요. 정치인들은 얼른 인사하고 다른 사람 만나러 가야 된다는 조급증이 다들 있거든요. 황교안 대표가 시장에서 쪼그려 앉는 거 보고 '오, 이 분 범생인 줄 알았는데 선수 기질이 있는데 ...' 하고 놀랐던 기억이 납니다.

07 김창남
자유한국당
국민소통센터장

황교안은 전국 4,000km를 달리면서 '국민 속으로-민생투쟁대장정'을 진행했다. 어렵고 힘든 우리 국민들의 삶의 현장을 생생히 보았다. 국민들은 한결같이 '살기 어렵다', '못 살겠다' '힘들다'고 했다. 민생투쟁대장정을 통해 국민들에게 직접 들은 문재인 정부의 대표적인 실정을 짚어보고자 한다.

Chapter 03
아침이 오길
바라며

대한민국에서 자유를 되찾아야 합니다

　　민생투쟁대장정에서 만난 애국시민들과 보수진영의 말을 빌리자면, 문재인 정권은 '문민독재 정권'이다. 현 문재인 정권의 핵심인 친노-친문 세력은 과거 민주적인 절차로 당선된 보수진영의 대통령들에게 '독재'라고 비판해 왔다. 지난 대선과 지방선거에 더불어민주당이 이긴 것도, '독재'를 비판하는 저들이 덜 권위적이고 포용적인 국가 경영을 할 것이라고 보았다는 분석이 있다.

　　그러나 문재인 정권 2년 만에, 국민들의 자유는 심각하게 위협받고 있다. 문재인 정권은 보수진영 뿐 아니라 비판하는 자들 모두에게 억압의 칼날을 들이밀고 있다. 민생투쟁대장정에서 만난 국민들에게서도 '군부 독재 시절도 이렇지 않았다.'는 이야기를 들을 수 있었다. 실제로 문재인 정권과 더불어민주당은 자신들을 향한 비판을 일절 허용하지 않고 있으며, '정치보복'이라 불리는 행위도 서슴지 않고 있다.

아침이 오길 바라며

이러한 '문민 독재' 때문에 3권 분립의 균형은 빠르게 무너지고 있다. 문재인 정권 주요 인사들이 저지른 범죄 관련 재판은 '사법부 길들이기'를 통해 방어하고 있다. 반면 보수 진영의 주요 인사나 관련자들에 대해서는 비상식적인 강도의 검찰 조사를 강행하고 있다. 그리고 선거법 개정과 공수처 설치를 패스트트랙으로 강행하려는 시도는 입법부인 국회를 장악하고 청와대의 권력을 더욱 강화하려는 의도가 그 배경이다.

특히 공중파 언론들의 친문성향 보도 행태는 이미 눈뜨고는 못 볼 수준이다. 이번 민생투쟁대장정에서 만난 분은, 공중파 뉴스에서는 죄다 문재인 대통령을 찬양하는 이야기밖에 나오지 않아서 공중파를 아예 안 보게 되었다고 하였다. 그 분의 표현을 빌리자면, '땡전뉴스보다 더하다.'고 한다. 문재인 정권은 이런 식으로 보수진영 지지자들뿐만 아니라 문재인 정권을 비판하는 대한민국 국민들의 알 권리와 표현의 자유도 앗아가고 있다.

문재인 정권은 이러한 '문민독재'를 포기하고 국민들의 정당한 알 권리와 표현의 자유를 보장해야 한다. 과거 '군부 독재'를 비판했던 세력이 자유를 더 침해하는 '문민 독재' 혹은 '공포 정치'를 감행한다는 치명적인 모순에서 벗어나기를 바란다. 그리고 실정에 대한 국민들의 비판을 겸허히 수용하여,

정상적인 국가경영이 이루어지는 자유민주주의 국가 대한민국으로 되돌려놓기를 촉구한다.

죽어가는 시장경제를 살려야 합니다

알 권리와 표현의 자유 외에도 문재인 정권이 망가뜨리고 있는 대한민국 국민들의 자유가 하나 더 있다. 바로 시장경제 체제 내에서 경쟁할 자유이다. 지나치게 가파른 최저임금 상승, 경제 주체들의 자유로운 활동을 방해하는 온갖 규제, 국가가 지나치게 비대해져버린 까닭에 발생하는 개입 등의 문제가 대한민국의 경제는 물론이고 민생까지 파탄내고 있다.

민생투쟁대장정의 현장에서 만난 대한민국의 경제주체들은 입을 모아 나라의 경제와 자신들의 삶이 어렵다고 말했다. 규제가 쌓여있고, 정부에서 법을 앞세워 불필요한 간섭을 하기 때문에 자율성이나 유연성이 떨어져서 경제활동에 지장이 많다고 했다. 국가가 경제주체들이 자율과 협의를 통해 시장경제에 활력을 불어넣을 수 있는 환경을 조성하는 것이 중요한데도, 문정부는 개입을 강화해 '경쟁적 발전'을 어렵게 해서 시장을 망치고 있다.

이러한 문재인 정권의 시장개입의 결과는 미래먹거리 실

종으로 이어지고 있다. 대표적으로 세계 최고 수준의 기술력과 경쟁력을 갖춘 대한민국의 원전은, 문재인 정권의 '탈원전'과 '태양광 발전' 정책으로 인해 불과 2년 만에 경쟁력을 빠르게 상실하고 있다. 이대로 '탈원전'이 계속 진행된다면 원전 업계 종사자들은 일자리를 잃게 될 것이 자명하다.

문재인 정권은 시장경제와 경쟁을 발전의 원동력이 아니라 불평등과 서열화의 주범이라고 판단하고 있다. 그러나 세계가 현대사의 기적이라 칭하는 대한민국의 자랑스러운 발전은 자유로운 경쟁이 가능한 시장경제체제 안에서 이루어졌다. 반면 시장경제체제를 버리고 국가의 개입 만능주의나 포퓰리즘 등으로 국가를 운영한 그리스나 베네수엘라 같은 나라들은, 급속하게 몰락하여 지금은 정상국가라 부를 수 없는 지경에 이르렀다.

문재인 정권의 경제 정책들은 불과 작년 까지만 하더라도 아직 '실정'이라고 부를 수 있는 수준이었다. 하지만 이제는 수정이 가능한 '실정'이 아니라, '재앙' 수준으로 빠르게 넘어가고 있다. 보수진영 뿐만 아니라 중도층이나 민생의 현장에서도 비판의 목소리가 쏟아지고 있는데도 유리한 통계만 공개하거나, 언론을 통해 진실을 호도하는 방식으로 경고음을 애써 무시하고 있다. 2년의 경제 성적표는 '빵점'인데도, 문재인 정권은 여전히 현실을 부정하고 책임감이 없이 실패한 기존정책을 고집하고 있다.

문재인 정권은 당장 오늘이라도 국가의 무리한 개입을 중지하고 시장경제체제로 돌아가기를 바란다. 자랑스러운 대한민국은 지난 70년간 고속 성장하며 쌓아온 경제 체력 덕분에 아직 '망국 경제'까지는 오지 않았다. 하지만 경제 전문가들의 깊은 우려와 민생의 절규는 지금 대한민국 경제 상황이 '망국 경제'의 문턱까지 왔다는 증거이다. 상승에는 오랜 시간이 걸리지만, 추락은 빠르게 찾아온다. 만약 이러한 문제들을 계속 외면해서 '망국 경제'로 진입하게 된다면, 그것을 되돌리는 일은 매우 어려울 것이다.

무너져가는 한미혈맹을 재건해야 합니다

문재인 정권은 연일 '외교 참사'를 반복하고 있지만, 그 중에서도 가장 눈에 띄는 것은 보수정권에서는 굳건했던 한미혈맹의 흔들림이다. 대한민국은 건국 이래 70년간 깊은 유대에서 비롯한 파트너십으로 미국과 최우방 관계를 유지해 왔다. 그리고 굳건한 신뢰 하에 경제 원조, 주한미군 주둔, 대미무역 흑자 등 최우방 관계에서 오는 다양한 이점들을 누려 왔다.

하지만 문재인 대통령은 미국과의 한미혈맹을 위기에 빠뜨리고 있다. 미국이 중국과 무역전쟁을 선포하고, 서방의 동맹국들을 통해 북한의 김정은을 철저하게 고립시켜 압박하는 와중에 혼자 북한을 지원하고 있는 것이다. 또한 미국과의 외교 현장에서 졸거나, 정상회담에서 A4 용지를 들고 읽는 등의 한심한 모습들은 미국에서 비웃음거리가 되고 대한민국 국민들을 불안에 빠뜨리고 있다.

실제로 트럼프 미국 대통령은 문재인 대통령과의 단독 회담을 불과 2분 만에 끝내버리거나, 비꼬는 듯한 말투로 문재인 대통령을 '거짓 칭찬'하는 등의 행동을 보여왔다. 이러한 태도의 원인은 미국의 입장에서 이해할 수 없는 문재인 대통령의 북한을 대하는 태도이다. 하지만 문재인 정권은 이러한 '한미혈맹의 적신호'에 대해 신경 쓰기보다 오히려 북한에 대한 무리한 퍼주기를 강행하며 안 그래도 불편한 미국의 심기를 더욱 자극하고 있다.

'굴종외교'가 있어서는 안 되겠지만, 대한민국이 세계 최강 대국이자 세계질서의 중심인 미국과의 깊은 신뢰관계를 스스로 버려서 얻을 이득은 전무하다. 오히려 트럼프 대통령 취임 이후로 자국중심노선을 택한 미국과 더욱 적극적으로 신뢰관계를 구축해도 모자랄 판이다. 그런데도 문재인 정권은 한미혈맹에서 오는 거대한 실리는 외면하고, 북한에 대한 무조건적인 경제적 지원과 국제사회의 비판에도 '북한 편들기'만 반복하고 있다.

지금이라도 무너진 한미혈맹의 신뢰관계를 회복하고, 미국과의 신뢰관계에서 최대한 국익을 보전하는 방향으로 대미 외교의 방향성을 선회해야 한다. 또한 아무런 실체적 이득이 없고 국제사회의 눈총만 사고 있는 대북지원을 중단하고, 북한이 협상 테이블에 정상적으로 앉을 수 있도록 만들어야 한다. 그래야만 미국이 주도하는 세계질서에서 리더 그룹의 자리를 다시 얻을 수 있을 것이며, 그 결과로 격변하는 세계질서의 흐름에 빠르게 적응할 수 있는 환경이 마련될 것이다.

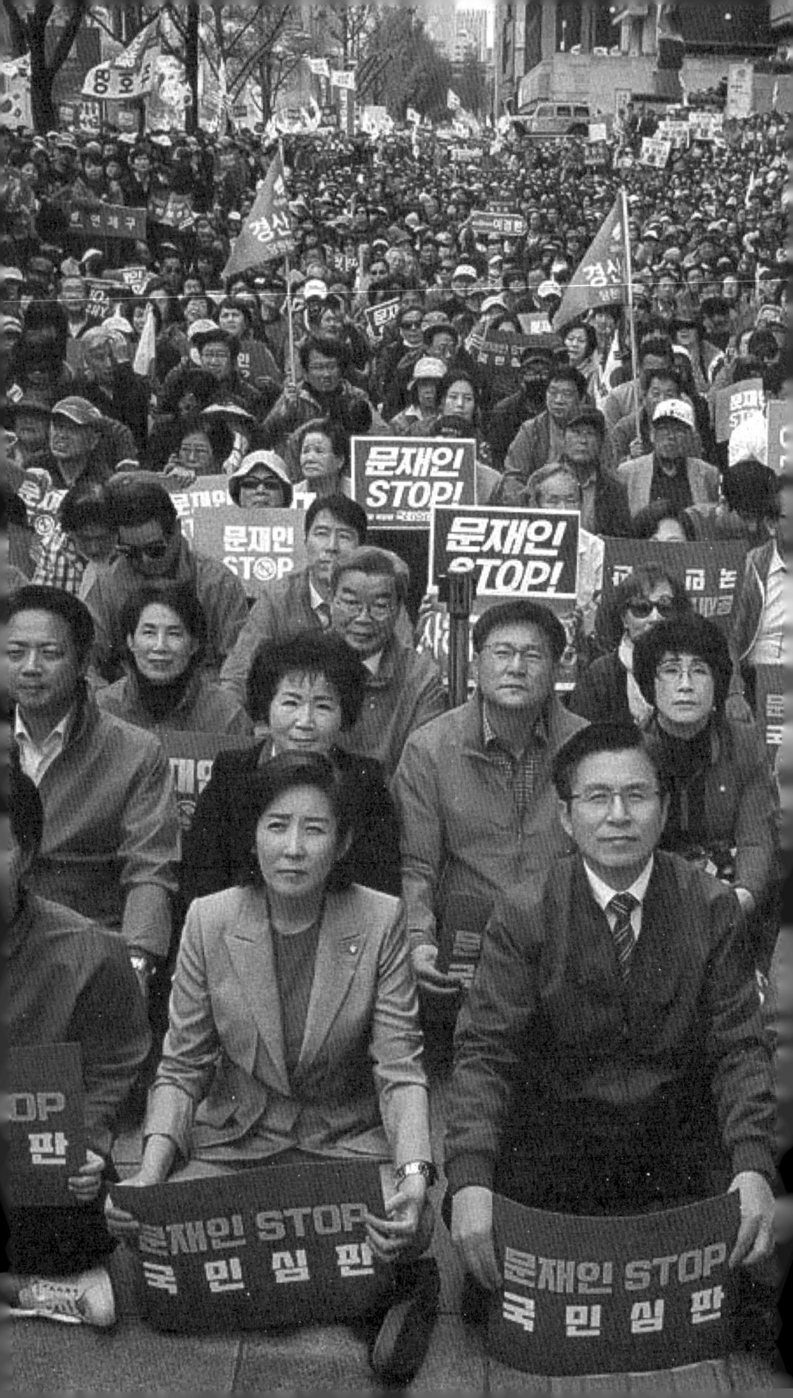

문재인
STOP!
문재인
STOP!
문재인
STOP
문재인 STOP
국 민 심 판
문재인 STOP
국 민 심 판

북한을 정상국가로 바꾸어야 합니다

　북한은 전 세계에서 유일한 3대 세습 독재국가이며, 그 체제는 북한 주민들에 대한 심각한 기본권 침해에 바탕을 두고 있다. 또한 핵무기를 지속적으로 개발하여, 국제사회의 핵 확산 금지에 대한 약속을 어기고 있다. 그런데 미국을 중심으로 국제사회가 북한 김정은 정권의 핵포기를 위해 합심하여 경제제재를 가하고 있는 상황에서도, 문재인 정권은 홀로 대북지원을 지속하고 있다.

　대한민국은 대북 제재압박을 통해 북한을 협상 테이블로 끌어내서 핵무기 개발을 중단시켜야 한다. 문재인 정권은 2년 동안 대북 지원이 북한을 협상 테이블로 이끌어낸다고 주장했지만, 대북지원이 무색하게 북한에게 굴욕적인 홀대만 받고 있다. 미국과 북한은 문재인 정권을 건너뛰고 협상을 진행했으며, 결국 지난 하노이협상은 결렬되었다. 아무런 성과도 얻지 못한 회담을 위해 대한민국의 재정이 낭비된 것이다. 심지어 민생투쟁대장정 중에는 북한이 미사일을 두 번이나 발사했다. 그러나 문재인 정권은 미국의 경고에도 불구하고 무엇이 두려운지 '미사일' 대신 '발사체'라는 표현을 고집했다. 미사일 발사 이전에는 GP 철수, 서해 북방한계선 포기 등 스스로 국가 안보에 구멍을 내버렸다. 취임 전에는 강력한 안보를 보여주겠다고 약속했지만, 정작 취임 후 보여준 안보에 대한 인식이나 실행된 안보 정책들은 하나같이 대한민국을 북한의 위협에 노출시키는 것들이었다.

북한의 핵무기 완성은 동북아 평화질서 붕괴의 신호탄이 될 것이다. 만약 북한이 완전한 핵무기 개발에 성공한다면, 인접국가들의 핵무장을 반대할 명분이 없어진다. 북한과 맞닿아있는 우리나라부터 방어를 위한 핵무기 개발이 필요하다는 목소리가 공론화되기 시작할 것이며, 그 다음은 일본이 될 것이다. 그렇게 되면 평화적 질서로 균형을 맞추고 있던 동북아 정세는 폭력적 질서 상태로 넘어가고, 언제 전쟁이 시작되어도 이상하지 않은 상태가 될 것이다. 결국 한반도 평화라는 미명 하에, 동북아 전쟁을 불러오는 결과가 초래될 수 있다.

문재인 정권은 핵무기 완성을 포기하지 않는 북한에 대한 지원을 멈추고, 국제사회의 북한 제재 대열에 합류해야 한다. 그리고 우선 핵무기를 포기하겠다는 약속을 관철시키기를 바란다. 만약 이대로 미국과 국제사회의 우려를 무릅쓰고 북한을 계속 지원하다가 북한이 핵무기 개발을 완성하게 된다면, 대한민국은 동북아 평화의 균형을 깨뜨린 당사자라는 오명을 인류 역사에 남기게 될 것이다.

전통시장 방문에 치중하는 것은 너무나 전형적인 정치인의 행보라 정치신인 황교안의 참신성을 오히려 떨어뜨릴 수도 있다고 봐요. 시장도 중요하지만, 최저임금 과속 인상으로 직격탄 맞은 대학가 상권이라든지 편의점 점주 등을 방문하는 식으로 기존 정치인과는 다른 모습을 보여줬으면 좋겠어요.

그리고 교육이 미래인 만큼 마이스터고 학생들을 찾아가시면 좋을 것 같아요. 특히 원전마이스터고는 원전 폐쇄로 취업길이 막힌 상태거든요. 탈원전 반대 같은 상징적인 학교이니만큼 적극적으로 찾는 모습은 어떨까요.

"장외집회에서
 국회의원 자리는 없앴지만"

09 박대기
최연혜 의원실 보좌관

"보좌관 동원?
어처구니가 없습니다"

솔직히 우리 당은 '힘쓰기'하곤 거리가 먼 당이었죠. 이번 패스트트랙 날치기 사태처럼 심각한 상황은 처음이었어요. 여당의 기습적인 법안 발의를 온 몸으로 막으며 "나를 밟고 가라"던 우리 최연혜 의원님의 고함소리, 인상적이었습니다.

아침마다 인사하는 방호원이 그러더군요. 한국당이 이럴 줄은 몰랐다고요. 7층 의안과 문을 여당에게 빼앗겼는데 힘으로 탈환하는 걸 보고 깜짝 놀랐대요. 그러면서 야당은 이래야 한다고 하시더라구요. 정부여당이 힘으로 국회를 유린하려고 하는데 가만있을 수는 없죠. 또다시 이런 일이 생긴다면 누구보다 먼저 현장에 달려갈 것입니다.

Chapter 04
황교안이
기다리는 아침

개인의 자유와
창의가 살아나는 나라

　국가를 구성하는 주체는 개인이며, 개인의 자유와 창의
는 곧 국가의 생명력입니다. 개인의 자유와 창의가 살아나는
나라는 활력이 넘치고, 미래에 대한 굳건한 희망을 가질 수
있습니다.

　그리고 국가는 개인의 자유와 창의를 억압하거나 강제하
기보다는, 교육-복지-행정 등의 수단을 통해 개인의 자유와
창의가 살아날 수 있는 환경을 만들어 주어야 합니다.

황교안이 기다리는 아침

경제활동이 자유롭고
규제가 사라지는 나라

경제활동의 주체들이야말로 국가경제를 견인하는 주역입니다. 시장경제체제 하에서 공정한 경쟁이 이루어져야만 혁신이 생깁니다. 기업, 자영업자, 소상공인, 근로자등이 자유롭게 경제활동을 할 수 있는 환경을 조성해야 합니다.

그러기 위해서는 '규제 공화국'이라 불리는 대한민국의 규제들을 철폐하여 시장경제가 효율적이고 정상적으로 돌아갈 수 있는 환경을 조성해야 합니다.

노력한 만큼 얻을 수 있고,
땀 흘린 만큼 잘 살 수 있는 나라

'노력'은 대한민국을 오랫동안 지탱해 온 한국사람들의 정신적 믿음입니다. 전 세계가 부러워하는 대한민국의 경제성장은 '노력한 만큼 얻을 수 있는 나라, 땀 흘린 만큼 잘 살 수 있는 나라'라는 전 국민의 공통된 믿음이 있었기에 가능했습니다. 노력과 보상에 대한 국민적 믿음과 시스템에 대한 신뢰를 회복해야 합니다. 공정한 경쟁, 지속적인 발전이 가능한 환경을 만들어야 합니다.

황교안이 기다리는 아침

청년에게 자신감을,
가장에게 안정을,
여성에게 행복을 주는 나라

대한민국 청년세대의 어려움은 쉽게 해결되지 않고 있습니다. 그래서인지 대한민국의 청년들은 점점 자신감을 잃어가는 것 같습니다. 만약 대한민국의 청년들이 자신감을 회복할 수 있다면, 더 나은 미래를 꿈꿀 수 있을 것 같다는 생각이 듭니다. 대한민국 청년들이 자신감을 회복할 수 있는 나라가 되었으면 합니다.

대한민국의 가장들은 항상 불안에 시달립니다. 실직, 사업 실패, 퇴직 등의 이유로 한 번 일자리를 잃으면 다시 돌아오기 어렵다는 인식을 공유하고 있습니다. 이러한 인식은 앞으로 달라져야 합니다. 실패해도 다시 일어설 수 있는 환경이 조성된다면, 가장이 부담 대신 안정을 느끼고, 불안 대신 자신감을 가질 수 있는 나라가 될 것입니다.

대한민국이 여성들이 행복한 나라가 되기를 바랍니다. 일터에서는 성별보다는 능력이 우선시되고, 일터가 아니어도 자신의 꿈을 이루는 데 성별로 인한 장벽이 없는 사회가 되었으면 합니다. 성별의 구분 없이, 대한민국 국민이라면 누구나 행복해질 수 있는 환경을 만들었으면 합니다.

미래세대가 지금세대보다
더 행복할 수 있는 나라

2018년을 기점으로 대한민국은 고령 사회에 접어들었습니다. 그로 인해 대한민국의 미래세대에 대한 부담은 점점 커져가고 있습니다. 지금세대가 미래세대의 행복을 당겨쓰는 일은 없어야 할 것입니다. 그리고 미래먹거리를 적극적으로 개발하여 대한민국이 미래세대에 대한 비전을 제시해줄 수 있는 나라가 되었으면 합니다.

지방이 균형적으로
발전하는 나라

언젠가는 해결될 것이라 생각했던 불균형 발전. 그러나 서울과 지방의 간극은 더욱 벌어지고 있습니다. 정부가 나서서 서울과 지방간의 간극을 해소하고, 지방에 살아도 행복한 인프라를 만들어야 한다고 생각합니다. 지방이 균형적으로 발전하여, 각 지역의 특색이 조화롭게 살아나는 대한민국이 되었으면 합니다.

황교안이 기다리는 아침

국가와 개인의 안전을
토대로 발전하는 나라

　　국가는 개인의 안전을 책임질 의무가 있습니다. 튼튼한 안보는 국가는 물론이고 개인의 안전까지 보호합니다. 또한 안전사고로 인해 인명이 희생당하는 일이 없도록, 세계 어디에 내놓아도 부끄럽지 않은 안전사고 방지 시스템을 구축해야 합니다.

원칙과 질서가
무너지지 않는 나라

　원칙을 주장하는 사람은 외롭습니다. 원칙은 종종 불편하게 들리기 때문입니다. 하지만 원칙을 주장하고 그것을 지키는 사람이 있어야만 사회가 올바르게 굴러갈 수 있습니다. 화려한 언변이나 자극적인 말에 의한 변칙이 잠깐의 이목을 끌 수는 있어도, 결국에는 원칙이 승리한다고 믿습니다.

　특히 국가를 경영하는 사람이 원칙과 질서를 솔선수범하여 지키는 대한민국이 되었으면 합니다.

황교안이 기다리는 아침

따뜻한 법이
약자의 편에 서는 나라

     대한민국은 유독 법이 딱딱하고 가혹하다는 인식이 있습니다. 하지만 제가 경험한 바로는, 우리가 운영만 잘 하면 법은 따뜻할 수 있고 약자의 편에 설 수 있습니다. 대한민국 국민들이 법의 따뜻함을 알고, 약자들이 법에 기댈 수 있도록 사법부가 변했으면 합니다. 사람들이 법의 따뜻함에 공감하고 약자들이 법으로 인해 보호받는 나라가 되었으면 합니다.

황교안이 기다리는 아침

11 김동민
자유한국당
대학생위원

     당 안팎으로 변화는 아직 멀었습니다. 여전히 청년들은 토사구팽되고, 법조인이랑 유튜버들 공짜로 쓰려하고, 막말 이미지에, 디자인 역량과 간결한 홍보문구 제작 능력이 부족합니다. 당명 가려놓으면 자유한국당인지 민주당인지 모를 포퓰리즘 정책, 큰 정부 정책이 개인적으로 가장 아쉬운 부분입니다.

    다만 제1야당으로서 무게감이 생긴 것은 달라졌다고 봐요. 당의 얼굴이라 할 수 있는 당 대표 언행에 신뢰감이 생겼다고나 할까요. 황 대표는 일단 목소리가 죽이잖아요! 그리고 잘생긴 얼굴! 청년들에게 우리 당은 한 마디로 '헐~' 이런 이미지인데, 당의 이미지 변화를 이끌어 낼 수 있을 것 같아요.

"당의 변화요?
글쎄요 ..."

10 김영숙
여의도연구원 여론조사실장

"여론조사의 비밀을
   알려드릴게요"

　　최근 발표되는 여론조사가 정확한 건지 궁금하시다고요? 정당 지지도는 얼마든지 변할 수 있고 출렁일 수 있기 때문에 지지도의 추세나 경향성을 보는 게 더 중요하다고 봅니다. 그리고, 여론조사는 조사 방법에 따라, 또는 사안에 따라 적극적인 지지층들이 더 적극적으로 응답하는 특성도 있다는 걸 감안해야 해요. 그리고 어떤 현안을 질문하느냐에 따라 정당 지지도나 국정운영 평가 결과에 영향을 미칠 가능성이 있어요.

　　예를 들어 어느 한쪽 정파가 제기하거나 주도하는 이슈로 질문이 구성될 경우 생각이 다른 응답자들은 응답을 덜하거나 도중에 전화를 끊을 가능성이 있어요. 여론조사는 끝까지 응답한 사람을 기준으로 하기 때문에 설문 구성이 전체 지지도에 차지하는 부분이 분명 존재한다고 봅니다.

여론조사 전화를 받고 '나이가 60대다,' 라고 답하면 조사원이 전화를 끊어버린다고 분개하시는 분들이 많은데요. 그건 인구비율에 맞게 조사가 이뤄져야 여론을 고루 반영할 수 있기 때문에 충분히 그럴 수 있어요. 여론조사를 하다보면 연세 있으신 분들이 응답을 잘 해주시고, 젊은 분들은 응답을 꺼려하는 경향이 있거든요. 통상적인 여론조사 방법이 그런 것이니까 이 부분은 오해가 없으셨으면 좋겠어요.

저희 여의도연구원이 2017년 대선 이후 지금까지는 자체조사 대신 여론조사 기관에서 발표하는 지지도 정기 조사를 참고하고 있습니다. 저희 지지도 조사는 공표용이 아닌 내부 참고용이기 때문에 일반 여론조사와 비교하기는 힘들고요, 다만 필요한 시기가 되면 재개해야겠죠.

김영숙
여의도연구원 여론조사실장

밤이 깊어 먼 길을 떠났습니다

밤이 깊어
먼 길을 나섰습니다

펴낸곳 인벤션
지은이 황교안 유성호
기획 강지연
진행 이지연
디자인 이동훈
편집 유정용
1판 1쇄 2019년 6월 5일

출판등록 1987년 11월 27일 제10-149
주소 04083 서울 마포구 토정로 53(합정동)
전화 324 - 6130, 324 - 6131
팩스 324 - 6135

E - 메일 dhsbook@hamail.net
홈페이지 www.donghaksa.co.kr
        www.green-home.co.kr
페이스북 facebook.com/inventionbook
ISBN 978-89-7190-638-5 03810

※잘못된 책은 바꾸어드립니다.

INVENTION

인벤션은 인간과 세계 사이의 관계,
그 안에 살아 숨쉬는 실용 인문학을 지향합니다.